Pierre Zaccone

Un clan breton

Texte et illustration de couverture : © domaine public
Edition : Culturea (Hérault, 34)
Contact : infos@culturea.fr
Retrouvez notre catalogue sur http://culturea.fr
Imprimé en Allemagne par Books on Demand
Design typographique : Derek Murphy
Layout : Reedsy (https://reedsy.com/)

Dépôt légal : janvier 2023
Tous droits réservés pour tous pays

ISBN : 9791041916870

Table des matières

LA CHASSE

Non loin de Kerhaès, aujourd'hui Carhaix, s'élevait, vers le VIIe siècle, au milieu des sauvages solitudes des montagnes d'Arrès, une de ces habitations où les seigneurs se retiraient après les jours agités des grandes guerres, pour se livrer aux plaisirs de la lame, de la chasse ou de la rapine. À vrai dire, la rapine était chose rare dans les montagnes d'Arrès, et le butin que l'on pouvait enlever au voyageur isolé était peu considérable ; la principale occupation à laquelle s'adonnaient les hôtes de l'habitation dont nous parlons, était plutôt la chasse pendant le jour, l'orgie pendant la nuit : la chasse sanglante, terrible, impitoyable ; l'orgie ardente, passionnée et se prolongeant jusqu'au jour !...

La demeure de Kerlô était une vaste ferme, composée de bâtiments figurant une sorte de carré oblong, et construit, en bois, sculpté avec assez de goût pour le temps. Le principal corps de logis était habité par le chef celte et ses principaux officiers ; les côtés par les écuries et les étables, et les bâtiments composant la partie antérieure de la ferme par les vassaux qui vivaient dans la dépendance du seigneur. Une vaste forêt enserrant le tout, semblait la cacher aux regards comme un repaire de bêtes fauves.

Le comte Érech avait cependant de grands et vastes domaines où il aurait pu vivre entouré d'une splendeur toute royale !... Le temps n'était pas encore bien loin où il avait vaillamment défendu l'indépendance des Bretons armoricains, où, plus d'une fois, il lui était arrivé de faire reculer et de rejeter au loin les hordes des Francs envahisseurs ; mais l'âge était venu, et, avec l'âge, l'impuissance.

Le vieux comte Érech avait bien près de quatre-vingts ans, et malgré ses traits vigoureusement accusés, sa haute stature de géant et sa longue barbe blanche, qui descendait gravement sur sa poitrine, comme un signe éclatant de force et d'autorité, il sentait son bras trop faible pour soutenir la longue épée dont il s'était servi jadis, et son corps, trop débile pour supporter de nouvelles fatigues ou tenter de nouvelles luttes. Aussi, retiré dans la pittoresque ferme de Kerlô, il se laissait patiemment endormir par le bruit calme et pacifique qui s'élevait autour de cette pure et fraîche oasis, et ne s'inquiétait ni des éclats de joie qu'il entendait la nuit, ni des cris des faucons et des meutes qu'il entendait le jour.

Trois personnes, parmi les habitants de Kerlô, venaient seules le visiter.

C'étaient son fils, Alain, une jeune fille du nom de Pialla, sa nièce, et le musicien de la cour... Ce dernier, par devoir, car il lui devait ses chants, selon la loi celtique ; la première par amitié et par dévouement.

Le vieux comte Érech aimait à les avoir auprès de lui, l'un et l'autre, à écouter la voix douce et frêle de Pialla, et celle plus grave et plus sonore du barde armoricain. Souvent il lui faisait répéter le chant héroïque de la *Nationalité bretonne*, vieux *guerr* à l'allure large et audacieuse, qui plaisait encore à son oreille, et lui rappelait les anciens jours ; puis, quand les chants lui jetant de singulières pensées, l'avaient rendu triste et taciturne, quand, après s'être reporté silencieusement au souvenir de ce qu'il avait été, il rouvrait les yeux à la lumière et à la réalité, c'était pour lui une joie caressante, expansive, joie de vieillard, que de retrouver la belle enfant de son frère, assise à ses pieds, et reposant sa gracieuse tête blonde sur ses deux genoux courbés. Il y a des liens sympathiques qui attachent les jeunes aux vieux, et Pialla rendait bien au bon vieillard toute l'amitié que ce dernier éprouvait pour elle.

Quant au fils du comte Érech, c'était le seul que l'on vit à Kerlô, le seul qui fût véritablement le maître du palais – *prœfectus palatio*. – Charge importante et que nul autre que le fils du chef ou son proche fût digne d'occuper. La vie qu'il menait, quoiqu'il s'y adonnât avec une grande ardeur, n'était cependant pas tout à fait conforme à ses goûts. Il eût mieux aimé, sans aucun doute, battre la campagne, dévaliser les voyageurs, attaquer ses voisins, ou même, tentant la fortune de plus grandes luttes, défendre, dans les combats, le territoire breton ; mais, pour le moment, les voyageurs étaient rares, les voisins redoutables, et les Armoricains et les Francs avaient remis l'épée au fourreau. Telle était la position que les temps lui avaient faite, qu'il ne lui restait plus d'autre occupation que celles de la table et de la chasse. À défaut d'autres, il prenait celles-ci.

Du reste, ces occupations convenaient encore à son caractère grossier et presque barbare.

La fauconnerie de la ferme était l'objet d'un soin particulier. L'homme auquel cette charge était échue en partage recevait par jour, outre son salaire annuel de cent vingt-six vaches, une coupe de cervoise aromatisée ; ce qui l'entretenait dans un état de gaieté passé en proverbe parmi les serfs de l'habitation. Guenhael avait place à la table du maître, et, quelquefois, il prenait sa part des mets que l'on servait à celui-ci. Tous ces honneurs prodigués au fauconnier témoignent suffisamment du cas que l'on faisait des fonctions dont il était revêtu.

Pour charmer les ennuis de leur sauvage oisiveté, les hommes de ces époques primitives recherchaient avec passion tout ce qui pouvait leur rappeler, par un côté quelconque, les luttes sanglantes de la guerre. La chasse était dès lors devenue un besoin, et, par la suite, la fauconnerie un art véritable.

Guenhael était donc l'homme le plus heureux de la ferme, et il ne s'en plaignait pas.

Les autres personnages qui entouraient le fils du vieux comte, étaient le chapelain, l'économe, le juge aulique et quelques autres officiers subalternes dont il est inutile de parler. Nous préférons entrer de suite dans notre récit.

Un matin, de confuses rumeurs s'entendirent dans la ferme ; la grande cour se trouvait pleine de valets en habit de chasse, et bien que le soleil fût à peine à l'horizon, on entendait déjà les cors éclater en joyeuses fanfares, que se renvoyaient mille fois les échos de la forêt ; les chevaux, malgré les exhortations du chef des écuries, hennissaient bruyamment et frappaient le sol d'un pied impatient. Tous ces préparatifs voulaient dire qu'une grande chasse allait avoir lieu, et l'on n'attendait plus que le fils du comte Érech pour donner le signal du départ.

Guenhael était assis gravement dans un coin de la cour, distribuant ses ordres de l'air le plus digne, et caressant avec un amour presque paternel le faucon chaperonné qui se tenait roide et la tête haute sur son poing.

À en juger par les paroles qu'il échangeait avec les hommes de la cour, on aurait pu croire qu'il avait déjà absorbé la coupe de cervoise aromatisée qu'il tenait de la munificence d'Alain. Il n'en était rien cependant, car si ce dernier lui octroyait volontiers cette faveur, il lui enjoignait en même temps, par une précaution bien entendue, de ne point boire au delà de sa soif, et surtout de ne tremper ses lèvres à la coupe susdite qu'après avoir accompli les devoirs sérieux que lui imposait sa charge. Il faut dire, à la louange de Guenhael, qu'il s'estimait trop et portait trop haut l'amour de son art pour s'exposer à se compromettre dans l'exercice de ses fonctions, en se livrant prématurément à des libations périlleuses. Il plaisantait rarement avec les personnes placées sous ses ordres, et ne condescendait jamais à expliquer le mécanisme de l'art aux serfs qui lui servaient d'aides. Pour achever ce portrait, nous devons ajouter qu'il portait une tunique à plis larges, serrée à la taille, des braies descendant jusqu'aux genoux, et un bonnet fourré ou *filenne,* qu'aux jours de fête il remplaçait par une toque plus élégante, surmontée de plumes de milan.

De mémoire de fauconnier, jamais peut être l'affluence des veneurs n'avait été aussi grande à la ferme de Kerlô, et en regardant passer cette foule bruyante, qui allait et venait au milieu de la vaste enceinte, on pouvait, à la variété des costumes, ou à la diversité des dialectes, deviner à quel clan appartenait chaque veneur.

C'est qu'en effet, de toutes les *trèves* de l'Armor, les guerriers étaient accourus à l'appel d'Alain.

Guenhael était donc assis dans un coin de la cour, regardant de toutes parts les nouveaux arrivants, donnant ses ordres pour les préparatifs de la chasse, et conversant amicalement avec son faucon, lorsque Pialla parut, suivie peu après par Alain, le fils du comte Érech.

Alain était revêtu du costume complet de cette époque ; la tunique grise, ornée de fourrures, des braies de toile et des bottines de cuir ; une ceinture de même étoffe que la tunique lui ceignait les reins ; un collier, riche métal, entourait son col, et un manteau de peaux d'hermines flottait sur ses larges et robustes épaules.

Quant à Pialla, elle était vêtue avec une simplicité qui ajoutait peut-être encore à sa beauté. Elle portait une longue robe d'amazone, dont les plis flottants laissaient voir de temps à autre son pied chaussé d'une petite bottine fourrée. Sa main tenait avec une fermeté pleine de grâce les guides de son cheval, et les

beaux cheveux qui pendaient le long de ses joues animées don-
naient à sa physionomie un air de vivacité charmante.

Tous les regards s'étaient tournés vers elle, et chacun en-
viait le sort d'Alain, qui marchait fier et hautain à ses côtés.

Cependant on avait donné le signal du départ, et toute la
troupe s'élança vers la forêt.

Et en vérité, c'était quelque chose de curieux à voir que
cette bande de veneurs passionnés et avides, passant sans ordre
au milieu des sites âpres et incultes des montagnes ; c'était
quelque chose de surnaturel à entendre que ce bruit confus mê-
lé de cris, de hurlements et de sons du cor.

Parfois ce bruit se taisait tout à coup, et alors on
n'entendait plus que les signaux poussés à intervalles réguliers
par les piqueurs postés sur la lisière du bois.

La chasse avait été admirablement disposée. On s'arrêta
dans un rond-point formé par la nature capricieuse au milieu de
la forêt, et l'on y convint en conseil du poste que chacun devait
occuper. Avant que l'on se séparât, cependant, Guenhael voulut
ouvrir la journée en essayant son faucon favori : il le remit, en
conséquence, avec les cérémonies d'usage à son seigneur et maître, et, sur un signal convenu, l'oiseau partit, et on ne l'aperçut
plus bientôt que comme un petit point noir... Deux minutes
après il tombait aux pieds d'Alain, entraînant dans sa chute un
milan de taille royale.

Cet épisode terminé, la chasse commença.

On avait assigné à Pialla une place d'où elle pouvait suivre
les péripéties du drame sans courir de danger, du moins d'après
les éventualités présumables. Alain devait d'ailleurs veiller sur
elle et ne point la perdre de vue. Posté à peu de distance, dans

un endroit où l'on supposait que le cerf devait venir se faire tuer, il laissa les guerriers se disperser au loin, et attendit le moment favorable. Pialla se tenait à une portée de flèche au milieu de serfs et de gens dévoués, ayant devant elle une échappée ravissante, et derrière et à côté, le bois épais et fourré. Elle s'assit nonchalamment sur le gazon, que l'on avait eu soin de recouvrir d'un riche tapis brodé d'or, et, comme Alain, elle attendit l'issue de la chasse.

Pialla était une jeune fille belle, svelte, élancée, bien prise dans sa taille de reine, et exerçant à tout instant, sur les yeux dont elle était entourée, une sorte d'influence magnétique. À ces époques de passion brutale et d'instinct grossier, où l'amour de la matière et de la forme était porté à un haut degré, c'étaient deux grandes puissances que la force et la beauté. Pialla l'avait bien compris, mais quoiqu'elle fût pénétrée de cette vérité, elle n'avait éprouvé jusqu'alors ni le besoin, ni le désir de faire usage de sa puissance.

Convertie depuis peu de temps au christianisme, elle avait appris qu'il existe une autre force, une autre puissance que celle de la matière, et que derrière ce monde réel, les âmes épurées par le sentiment chrétien peuvent trouver un monde idéal plein d'enchantements. Pialla était une enfant égarée dans cette société barbare du VIIe siècle, une âme échappée des mains de Dieu, et qui accomplissait sur ce coin de terre sa mystérieuse destinée. M. Alfred de Vigny raconte qu'un ange s'étant échappé du ciel vint s'asseoir, tout rêveur et plein d'amour, sur le bord des abîmes éternels. Pialla ressemblait à cet ange.

Elle se plaça donc sur le gazon, et, s'enveloppant frileusement dans le manteau qu'une de ses femmes avait jeté sur ses épaules pour la garantir du froid, elle abandonna son âme aux plus douces rêveries. Le bruit de la chasse l'inquiétait peu : le cœur d'une jeune fille est une source intarissable d'où coulent incessamment les rêves enchantés d'un autre monde. Elle repassa dans sa mémoire toute sa vie jour par jour, avec ses joies d'enfant, ses aspirations indéfinissables de femme ; puis, comme elle se sentait pleine de bonté et d'amour, elle chercha instinctivement si dans sa vie d'enfant ou de femme, aucun être ne marchait à ses côtés, et se demanda quelles destinées lui étaient réservées dans l'avenir que son regard entr'ouvrait. Alors elle s'aperçut qu'elle n'avait pour la protéger que le vieux comte Érech qui, chaque jour, s'inclinait davantage vers la tombe. Elle vint à penser que, lui mort, elle se trouverait seule parmi ces hommes dont la vie semée d'aventures et de combats effrayait son cœur craintif, et elle eut peur.

Le temps se passa ainsi sans qu'elle songeât à rien autre chose qu'aux frayeurs prophétiques qui l'envahissaient de toutes parts. Ses femmes rangées à quelques pas, s'occupaient de travaux de ménage ; les unes brodant de riches tuniques pour leur seigneur les autres préparant la laine et le lin.

Bien que nous ayons affaire à un siècle primitif, il ne faut pas croire, en effet, que les arts et l'industrie y fussent complètement ignorés. La loi kymerique[1], que les Bretons venus de l'île avaient importée dans l'Armor, entre à ce sujet dans des détails fort curieux que nous regrettons de ne pouvoir placer ici. Cette loi assignait certaines époques pour ensemencer les champs ; elle disait les espèces de graminées qu'il faut jeter à la terre ; elle ordonnait de fermer les prairies des calendes d'avril aux calendes de novembre, et interdisait les forêts aux porcs depuis la Saint-Michel jusqu'à l'Épiphanie. On croirait à peine toute la sollicitude que l'on témoignait à l'agriculture. Le législateur pensait sans doute, avec raison, que le meilleur moyen d'attacher les hommes à la terre, c'est de témoigner à celle-ci de hautes marques d'intérêt.

---

[1] Sic. L'orthographe exacte de cet adjectif est en fait *kymrique*, qui signifie : relatif aux Kymris, peuple celtique du premier siècle avant J.-C. [Note du correcteur.]

En ce moment, on entendit s'élever au loin une immense clameur qui fit retentir les séculaires échos de la forêt. Pialla tressaillit, et son cœur s'emplit d'épouvante : toutes les femmes, abandonnant subitement leur ouvrage, vinrent se réfugier autour d'elle, et les serfs accoururent également à ses côtés, la plupart pressentant un danger probable, quelques-uns devinant un danger certain. Il y eut, du reste, quelque chose de surnaturel dans cet élan spontané qui rallia en un instant autour de Pialla tous ses serviteurs épars, et Pialla elle-même, joignant ses mains tremblantes par un mouvement plein de piété et de foi, se laissa tomber à genoux, priant Dieu d'éloigner le danger dont cette clameur semblait être le présage. À peine eut-elle achevé sa prière qu'un énorme sanglier, faisant une trouée dans la petite troupe des valets de la ferme, vint, après l'avoir renversée, se placer à deux pas d'elle, en poussant des cris féroces. C'en était fait sans doute de Pialla ; aucun des hommes qui se trouvaient là n'osait, pour la sauver, s'exposer à une mort certaine, et chaque minute qui s'écoulait rendait le danger plus imminent.

Tout à coup une flèche, habilement dirigée, vint, en sifflant, frapper l'animal furieux au-dessous de l'oreille, et avant que l'on eût eu le temps de chercher quelle main l'avait lancée, un homme inconnu au pays, et portant le costume franc, se précipitait vers le sanglier, qui s'apprêtait déjà à fondre sur Pialla. Alors une lutte affreuse s'engagea entre l'homme et l'animal, lutte sanglante, où l'un et l'autre se défendirent avec un égal courage et un égal emploi de forces extraordinaires.

Cependant le sanglier avait été profondément blessé ; il perdait déjà beaucoup de sang ; un dernier coup de couteau que lui appliqua son adversaire l'étendit bientôt sans vie sur le riche tapis qu'occupait un instant auparavant la rêveuse jeune fille.

Alain et sa suite, accourus mais trop tard, assistèrent au dénouement de la lutte, et virent le Gaulois, fier de sa victoire, retirer avec orgueil le couteau sanglant des entrailles de la victime. Tous ces spectateurs barbares restèrent ébahis devant tant d'audace et de courage, et Alain ne put s'empêcher d'aller à l'étranger et de lui tendre la main.

– Qui que vous soyez, lui dit-il, voilà une action qui vous assure notre admiration et notre reconnaissance, et je serai fier de devenir votre hôte, si vous voulez bien accepter l'hospitalité que je vous offre.

L'étranger serra la main qu'on lui tendait, et accepta l'hospitalité du chef breton.

Après cet incident, on se remit en marche, et l'on gagna la ferme.

LE RÉCIT

Depuis l'épisode de la chasse, quinze jours s'étaient écoulés, et le héros de la forêt, guéri de ses blessures, ne songeait pas encore à s'éloigner... Il était loin pourtant de mener la vie des guerriers du temps, et prenait peu de plaisir aux fêtes dont il était l'objet. Tout entier aux préoccupations d'un autre ordre, et doué d'ailleurs d'un caractère sombre qui sympathisait peu avec celui des hommes de la ferme, il prenait à tâche de s'isoler le plus possible des scènes tumultueuses auxquelles se livrait son hôte. Il aimait à se retirer, le soir, près du vieux comte Érech et de Pialla ; et là, dans des causeries pleines d'abandon, il oubliait la patrie qu'il avait fuie. Le comte connaissait la vie que Dieu a faite aux hommes, et, par expérience, il savait combien le cœur humain est fier, surtout dans l'infortune ; aussi, il respectait sa douleur, et ne cherchait pas à l'éveiller par une curiosité indiscrète. Pialla, au contraire, n'écoutant que les sublimes élans de sa compassion, avait plus d'une fois tenté de soulever le voile qui cachait cette impérieuse infortune ; mais l'inconnu ne s'était jamais laissé pénétrer. La curiosité de Pialla était donc vivement excitée.

Un soir, le comte, Pialla et leur hôte étaient réunis dans une vaste salle : le barde de la cour était près d'eux, et comme Pialla lui demandait ses chants, il prit sa cithare, et chanta un *guerr* breton.

Chant du Barde breton.

I

« Arthur est un prince puissant de l'Hibernie ; il est jeune et beau, comme le soleil quand il jette ses premiers feux à l'horizon.

« Sa voix est forte comme un vent d'orage, et son épée est terrible et redoutée.

« Il a des vassaux aussi nombreux que les épis dans une plaine fertile, et quand il ordonne, les guerriers les plus fiers courbent la tête et obéissent en pâlissant.

« Plus d'une foi, il a mis en fuite le fier Sicambre à la longue chevelure, l'Hérule aux joues verdâtres, et les Saxons aux yeux bleus, intrépides sur les flots !...

« Il a aussi une jeune et belle épousée qu'il aime de toutes les puissances de son âme.

« Et la lune qui les a vus s'unir n'a point encore achevé son cours.

II

« Un jour est venu cependant où la fortune a trahi Arthur, le prince puissant de l'Hibernie.

« Des cohortes d'ennemis se sont précipitées sur ses domaines, avec la rapidité de l'aigle dont elles portaient l'emblème.

« Et les innombrables guerriers qui lui étaient soumis se sont révoltés, et son épée terrible et redoutée s'est brisée entre ses mains.

« Il erre maintenant sur une terre qui lui est inconnue, et les hommes qu'il rencontre ne parlent pas la langue, de ses pères.

« Et il arrose de ses larmes le pain amer de l'exil... Car on lui a ravi aussi sa riante et belle épousée, l'épousée qu'il aime de toutes les puissances de son âme.

« Et cependant la douce lune qui les avait vus s'unir n'avait pas encore achevé son cours. »

Ce chant lent et plaintif avait jeté dans l'âme de ses auditeurs une sorte de disposition à la rêverie qui leur faisait garder le silence, bien que leur cœur fût plein de pensées près de s'échapper de leurs lèvres ; le seigneur franc était vivement ému ; un moment même, ses larmes coulèrent si abondamment de ses yeux, qu'il se vit contraint de se voiler le visage avec un pan de son manteau, et de retenir les sanglots qui s'échappaient avec force de sa poitrine. Pialla et le comte Érech le regardèrent avec étonnement, et l'un et l'autre ne purent trouver une parole de consolation. Cependant le vieillard rompit le premier le silence, et après avoir renvoyé le barde :

— Mon fils, dit-il au guerrier franc, ton infortune est donc bien lourde, et la douleur qui emplit ton cœur est donc bien amère, puisque tu ne peux les supporter sans larmes ni sanglots ! Dieu est infiniment grand, mon enfant, il en a consolé de plus attristés, et relevé de plus malheureux !

— Bien grande est mon infortune, et bien amère est ma douleur, reprit le héros franc, l'une et l'autre sont égales dans leur grandeur, et Dieu seul pourra combler l'abîme sur le bord duquel je marche !

— Mon fils, dit encore le vieillard, la douleur ressemble au fardeau qui, trop lourd pour les épaules d'un seul homme, serait facilement porté par deux. La douleur s'oublie à s'épancher. Dis-nous les aventures qui t'ont conduit où tu es, et peut-être te trouveras-tu moins malheureux, après nous avoir dit combien tu l'étais !

Soit déférence pour son hôte, soit, comme l'avait dit celui-ci, qu'il trouvât un plaisir réel à raconter à quelqu'un sa propre infortune, le héros franc se laissa persuader et commença ainsi :

« Je suis né sur les bords d'un grand fleuve qu'on appelle la Loire, et mon père y habite, riche et honoré : jeune encore, il a été élevé sur le bouclier blanc qui fait les rois, il s'appelle Sighebert, ce qui veut dire *brillant par la victoire*. Il possède d'immenses domaines, qu'il a conquis avec son épée, et quand il va à la guerre, dix mille héros le suivent en poussant le cri de guerre qu'ils ont appris aux pays des Francs.

L'on m'appelait Hlodowig le Franc. Les plus belles destinées m'étaient alors promises, et les chefs, fiers d'obéir à mon père, ont bien souvent prêté entre mes mains le serment de fidélité. Je vécus ainsi longtemps, apprenant à manier la francisque, et m'exerçant à la chasse et, dans les combats, au rôle de chef que je devais remplir un jour. Ma seule ambition était de commander plus tard là où mon père avait commandé, et de mourir les armes à la main dans quelque bataille mémorable, comme celles qu'il livrait aux Allemands ses voisins.

Il y avait alors à notre cour une enfant du nom d'Œlla que mon père avait recueillie ; elle avait une belle chevelure blonde, et de beaux yeux bleus, comme presque toutes les jeunes filles de la race à laquelle elle appartenait. J'avais été élevé près d'elle, nous avions appris ensemble les jeux de l'enfance, et je la regardais comme ma sœur ; quand mon père ne m'emmenait pas avec lui, quand je n'assistais pas aux fêtes qu'il donnait à ses vassaux de noble origine, je passais mes journées entières près d'Œlla, et je l'écoutais parler sans m'apercevoir du temps qui fuyait avec rapidité. Elle se souvenait encore des pays des Francs, racontait les exploits de son père, et chantait les ballades des bardes du Nord. – En l'écoutant, j'oubliais et mon père et l'avenir, et je ne pensais pas même alors qu'Œlla était une pauvre fille sans domaines, qui ne pourrait jamais devenir ma femme, du moins tant que mon père vivrait !

Parmi les seigneurs qui fréquentaient la cour et venaient souvent s'asseoir à la table du roi, il y en avait un dont j'avais remarqué les attentions pour Œlla ; c'était un seigneur d'origine gauloise, astucieux, méchant, qui s'était attaché à la fortune des nouveaux conquérants, espérant relever ainsi sa fortune propre que la conquête avait détruite. Œlla redoutait cet homme, et évitait toutes les occasions où elle pouvait se rencontrer seule avec lui. Cependant, elle ne m'en avait point parlé, car elle craignait d'allumer dans mon cœur une colère terrible, qui, selon ses prévisions, devait attirer de grands malheurs sur ma tête.

Un jour donc, c'était le jour du Seigneur, je sortais de la chapelle, lorsque passant près de la chambre d'Œlla, j'entendis un grand cri s'en échapper. Je devinai presque aussitôt ce que s'y passait ; je m'élançai vers la chambre dont je brisai la porte, et j'arrivai près de ma sœur qui pâlit en me voyant. Je, regardai autour de moi, il n'y avait personne, la fenêtre était ouverte, j'y courus, mais l'homme qui avait profité de cette issue pour fuir, était déjà bien loin ; les larmes et la pâleur d'Œlla m'en dirent assez, et je résolus dès lors de la venger.

Trois fois déjà le soleil s'était levé à l'horizon depuis l'outrage fait à ma sœur, et je n'avais encore pu me résoudre à exécuter le projet que j'avais conçu. Je craignais d'un côté d'irriter mon père, de l'autre, j'avais hâte d'en finir avec la jalousie affreuse qui me brûlait les entrailles. Une violente colère grondait dans ma poitrine, mais un sentiment d'affection et de respect retenait mon bras prêt à frapper.

L'amour et la jalousie l'emportèrent enfin, et quand vint la nuit du troisième jour, je me dirigeai vers un endroit de la forêt par lequel passait d'ordinaire le seigneur gaulois pour venir visiter mon père. J'avais pris avec moi deux épées de même longueur pour enlever à mon adversaire tout prétexte de refus et toute accusation de lâcheté, et j'attendis patiemment sa venue. Il ne se fit pas attendre ; j'entendis les pas d'un cheval, et un pressentiment me le fit deviner plutôt que je ne le reconnus. Dès qu'il fut à ma portée je m'élançai de l'endroit où je me tenais caché, et d'un coup de francisque bien applique, je fendis la tête de son cheval, qui tomba entraînant mon ennemi dans sa chute. Alors je lui jetai une des deux épées, et je lui ordonnai de se défendre.

Cet homme n'avait aucune des qualités qui font les guerriers, car dès qu'il se vit en présence d'un homme décidé au combat, il se jeta à mes genoux et implora ma pitié.

– Et que fis-tu ? demanda le comte Érech en l'interrompant.

– Que fîtes-vous ? répéta machinalement Pialla.

– Je fus sans pitié et sans miséricorde, et je le tuai, répondit l'étranger avec fierté.

Et pendant que le vieux comte laissait retomber sa tête sur sa poitrine et que Pialla joignait les mains, il poursuivit :

– C'est à partir de ce moment que mon père, furieux d'avoir perdu son ami, m'ordonna de quitter la cour et de n'y reparaître jamais. Il fit secrètement enlever Œlla, et je m'éloignai bientôt sans avoir la consolation d'apprendre où elle avait été emmenée. C'est ainsi que marchant toujours devant moi, sans savoir où j'allais, je suis venu frapper à votre porte, que vous m'avez généreusement ouverte.

Mais, hélas ! si un hôte généreux est près de moi, si sa fille me sourit, si son fils m'invite à me placer à ses côtés dans les festins, mon père m'a maudit et chassé, celle que j'aime m'a été ravie, et je suis destiné à vivre loin de ma patrie, dans la douleur et l'infortune !

LE DRUIDE

Pialla avait entendu le récit de Hlodowig le Franc et elle sentait d'étranges idées naître dans son cœur ; naguère pure et sainte, elle passait les plus belles heures de ses jours au milieu de ses femmes, préparant d'une main habile la tunique des guerriers ; le jour du Seigneur, aucun autre soin ne l'occupait que celui de bénir le Dieu nouveau dont elle avait juré de suivre le culte ; elle n'avait jusqu'alors conçu d'autre sentiment que l'amour filial dont elle entourait les jours du vieux comte Érech, suave parfum qu'elle laissait échapper de son âme, et qui allait au vieillard comme une brise odorante du printemps au milieu de l'hiver ; elle vivait heureuse, remettant à Dieu le soin de réaliser les timides espérances qui venaient parfois la caresser.

Mais depuis quelque temps tout cela avait changé ; Pialla était devenue tout à coup silencieuse, les jours lui paraissaient longs et monotones, elle fuyait la compagnie de ses femmes, ne visitait plus que rarement le vieux comte, et profitait avec empressement de toutes les occasions où elle pouvait être seule ; cependant, quoiqu'elle se fût bien aperçue de ce changement, et se demandant quelle pouvait en être la cause, ce changement était resté impénétrable pour elle, et, par un mouvement instinctif naturel à la femme, elle craignait que quelqu'un ne le devinât avant elle. Ce sentiment qui s'emparait ainsi de toutes ses pensées et allait toujours croissant quoi qu'elle put faire, lui inspirait de sourdes alarmes ; plus d'une fois déjà il lui était arrivé de courir à la chapelle et de se jeter au pied de l'autel, en demandant à Dieu de mettre un terme à ses angoisses ; mais Dieu restait sourd à ses prières, et elle demeurait en proie à un délire dont il lui était impossible de se rendre maîtresse.

Pialla n'avait d'ailleurs personne à qui confier ses vagues terreurs ; ses femmes étaient toutes dévouées à Alain ; et, elle ne l'ignorait pas, Alain était emporté, violent, cruel, et eût peut-être deviné ce qui se passait dans le cœur de sa fiancée et en eût conçu de jalouses colères. Le chapelain, bien que placé dans une position presque indépendante par son caractère sacerdotal, ne lui inspirait pas beaucoup plus de confiance ; elle le voyait rarement. Attaché à la personne du fils du comte par des liens étroits d'amitié, il ne témoignait à Pialla que de la déférence ou du respect, jamais de l'amitié ni de la sympathie : c'était un homme profondément égoïste et fort peu compatissant aux peines d'autrui. Il possédait des terres exemptes de charges, un cheval, des fourrages, des vêtements de laine et de lin qu'il tenait de la munificence du chef, et quand il avait béni les mets de la table de ce dernier, chanté l'oraison dominicale et célébré la messe, assisté de ses clercs, il se croyait dispensé de tout autre soin. Pialla le connaissait trop bien pour en espérer quelques paroles consolantes. Il lui restait donc le vieux comte, mais il était sévère, et elle n'osait lui dire ce qui se passait en elle.

Dans cette occurrence, un seul parti se présenta, et elle le prit avec empressement ; elle souffrait trop d'ailleurs pour hésiter plus longtemps.

Le soleil avait disparu de l'horizon, l'ombre allait s'allongeant sous les arbres qui entouraient la ferme de Kerlô. Déjà l'homme chargé des lumières éclairait la salle des festins ; un parfum de mets savamment apprêtés, de vin cuit et de viandes grillées et rôties, s'élançait au dehors par bouffées, et quelques rires isolés, avant-coureurs des cris tumultueux de l'orgie, se faisaient entendre.

Pialla se couvrit alors le visage d'un voile sombre, et sortit furtivement de sa chambre ; elle traversa ainsi, émue et tremblante, la grande cour de la ferme et se dirigea vers la porte qui menait au bois ; en passant devant la partie du bâtiment occupée par les oiseaux de proie, elle crut entendre Guenhael converser amicalement avec son oiseau favori. Elle s'arrêta un instant et s'appuya, le sein palpitant, à quelques pas.

– Dall Avel ! Dall Avel ! disait Guenhael, vous vous êtes mal conduit aujourd'hui ; prenez-y garde, mon ami, je vous empêcherai de dormir.

Pialla retint son haleine, et, profitant d'un moment où notre fauconnier donnait toute son attention à Dall Avel, elle passa rapidement auprès de lui et disparut dans l'ombre. Cinq minutes après, la petite porte donnant sur le bois se refermait derrière elle.

Cependant, malgré la nuit et la bise froide qui commençait à siffler dans les arbres, elle avança hardiment et prit sans hésiter un petit sentier dont les contours bizarres conduisaient au cœur même de la forêt. Le sentier allait toujours se rétrécissant ; elle arriva même bientôt à un endroit où les ronces et les arbustes l'avaient tellement envahi, qu'il n'était possible qu'à un œil bien exercé d'en suivre la trace. Pialla poursuivit néanmoins sa route et parvint ainsi à une sorte de clairière, au milieu de laquelle s'élevait un de ces monuments druidiques connus sous le nom de *dolmin* ; elle s'arrêta et reprit haleine.

Le dolmin devant lequel elle venait de s'arrêter était composé de six énormes pierres rangées parallèlement, et recouvertes d'une septième plus plate et plus longue encore que les autres. Ces pierres, grossièrement taillées, offraient à l'œil un aspect informe dont rien ne saurait aujourd'hui donner une idée exacte. C'était d'ordinaire le monument terrible du haut duquel les prêtres de la foi druidique enseignaient à la foule les dogmes sanglants de leur religion. C'était quelquefois aussi l'habitation de quelque druide vivant à part et loin du monde dans la solitude et la méditation. L'imagination des temps primitifs avait entouré ces habitations de superstitions fatales, et nul n'osait en approcher, même pendant le jour. On conçoit que Pialla qui, bien que chrétienne, n'avait pas entièrement dépouillé les idées dans lesquelles elle avait été élevée, se fût arrêtée émue et presque épouvantée à la vue de ce monument dont elle venait troubler la mystérieuse solitude à cette heure de nuit. Cependant après quelques incertitudes, elle frappa dans ses mains trois coups dont le bruit aigu la fit frissonner elle-même. Ce bruit fut entendu, et un homme parut sur le seuil du dolmin.

C'était un vieillard d'une haute et puissante stature, aux formes herculéennes, et qui semblait avoir vécu autant que les grands chênes de la forêt : son front était entièrement chauve ; une longue barbe blanche descendait gravement sur sa poitrine.

Dès qu'il vit Pialla, il leva les yeux au ciel, et, en étendant ses mains vers elle :

– Pialla ! s'écria-t-il, est-ce bien vous, seule, et à cette heure ?

– Mon père, répondit Pialla, c'est bien votre fille qui vient vous voir, seule et à cette heure.

– Je rends grâces aux dieux, mon enfant, dit le vieillard. Je me souviendrai de ce moment comme d'un moment heureux ; et depuis longtemps ils ont été rares, ajouta-il avec un son de voix plein d'amertume.

Et comme il voulait entraîner Pialla dans l'enceinte druidique, elle hésita.

– Mon père... je ne puis... dit-elle en balbutiant.

Le vieux druide la regarda étonné.

– Et pourquoi ne pouvez-vous, Pialla ? pourquoi tardez-vous plus longtemps à venir avec moi prier les dieux qu'ont priés vos pères ?

Pialla se laissa tomber à genoux devant le vieillard, et levant vers lui ses mains jointes :

–Mon père, s'écria-t-elle, je suis chrétienne.

À cet aveu inattendu, le vieillard saisit lentement les mains brûlantes de la jeune fille dans ses deux mains glacées et les serra avec une douleur résignée.

– Et vous aussi ! dit-il.

La lune jetait en ce moment un de ses plus pâles rayons sur son visage, Pialla put voir deux larmes couler le long de ses joues creuses et hâves.

Le lecteur l'a déjà deviné sans doute ; le vieillard dont nous venons de parler était un débris de l'ancienne religion druidique que la religion nouvelle du Christ avait forcé de se réfugier au milieu des forêts ; c'est là qu'il vivait, oubliant parmi les vieux témoins de sa gloire éclipsée, qu'il avait été naguère l'interprète imposant de dieux redoutés, s'identifiant, en quelque sorte, avec le monument de granit qu'il habitait, et personnifiant, si je puis m'exprimer ainsi, l'idée représentée pur ces blocs informes de pierres superposées. C'était un obstacle inanimé placé sur la route du christianisme, et que le christianisme essaya longtemps, mais en vain, de faire disparaître du sol. Vers cette époque, il se tint à Nantes un concile où il fut ordonné aux évêques et à leurs ministres de s'opposer avec le plus grand zèle à ce que le vulgaire, qui adorait et avait en si grande vénération les arbres consacrés aux démons, se permît d'en couper soit un rameau soit une greffe. Il leur était enjoint de faire arracher ces arbres avec les rameaux, et de les brûler en entier. Les pierres sacrées devaient être aussi détruites de fond en comble, et jetées en tel lieu qu'elles ne pussent jamais être trouvées par leurs adorateurs : ces ordonnances n'avaient pas fait disparaître ces restes d'un autre âge que l'imagination populaire ne pouvait se résoudre à ne plus adorer ; mais les ministres officiels du culte banni s'étaient vus obligés de suspendre leurs cérémonies et de fuir loin des lieux où le culte triomphant avait établi ses autels. Le lecteur doit comprendre quelle douleur ce dut être pour le vieux druide que nous introduisons dans ce récit d'apprendre la conversion de Pialla. Il l'avait connue enfant ; il lui avait presque servi de père, et bien souvent il évoquait encore le souvenir des années heureuses pendant lesquelles elle venait quelquefois écouter sa grave et consolante parole. Il la fit asseoir près de lui, et la regarda ainsi pendant quelque temps ; Pialla n'osait lever les yeux ; elle avait presque regret d'être venue, et cherchait peut-être un prétexte pour s'éloigner sans dire les secrets qu'elle voulait lui confier.

– Vous êtes chrétienne, dit enfin le vieillard, vous adorez un autre dieu que celui de vos pères, mon enfant ; vous avez fui les autels près desquels sont venus s'agenouiller vos ancêtres pour vous approcher d'un autre autel, et adopter un culte nouveau que nous ont apporté des étrangers ! vous avez jeté l'oubli sur la foi de votre enfance, et votre foi est morte pour renaître dans une nouvelle religion. Si, en reniant de cette manière le passé pour un avenir incertain, vous avez fait quelque chose pour votre bonheur, je prierai mes dieux de ne point vous maudire, et ils vous prendront peut-être en pitié. – Parlez-moi donc franchement, Pialla, et dites-moi ce que vous ont appris les ministres du dieu que vous servez.

– Je n'ose, fit Pialla.

– Êtes-vous heureuse ?

– Oh ! mon père !

Il y avait dans ce cri spontané une si déchirante expression, tant de douleur mal déguisée, tant de secrets mal retenus, que le vieux druide ne put s'y tromper ni réprimer un geste d'étonnement.

– Qu'avez-vous donc ? demanda-t-il.

– Mon père, mon père, je suis bien malheureuse !

– Parlez.

– Je ne puis...

– Doutez-vous de moi ?

– Oh ! je ne serais pas venue.

– Achevez, alors.

– Eh bien !

Et comme si elle avait tout à coup deviné ce qui était resté jusqu'alors un mystère pour elle, ce qui s'était passé dans son cœur, ce qu'elle avait senti, pourquoi elle avait souffert et pleuré, et imploré son Dieu, elle se redressa le visage rongé d'émotion, le sein palpitant, en s'écriant avec une sorte d'égarement :

– Mon père ! mon père ! j'aime !

– Vous aimez ?

– Un hôte de mon oncle.

– Un étranger ?

– Oui, mon père.

– Son nom.

– Hlodowig le Franc !...

À ce moment, et quoique les feuilles des arbres demeurassent immobiles et que le vent eût cessé de siffler, un frémissement singulier se fit derrière le dolmin. Pialla promena autour d'elle son regard épouvanté, et crut entrevoir une forme blanche s'élever à deux pas. Une sueur froide glaça ses membres, toutes les terreurs superstitieuses de son enfance se réveillèrent, et se mirent à tourner à ses côtés sous mille formes bizarres. Elle se jeta éperdue dans les bras du vieillard et lui montra la forme blanche qui disparaissait derrière les arbres :

– Mon enfant, lui dit le druide, vous vous effrayez de vaines ombres que la lune chasse devant elle – l'amour est venu à vous, il ne faut pas craindre et trembler ainsi. À votre âge, et dans la société où le sort vous a placée, l'amour est une douce compagne à laquelle vous devez faire bon accueil, et votre dieu, quel qu'il soit, ne saurait voir ce sentiment d'un regard de colère. Vous êtes jeune et candide, ô Pialla, jamais le vent terrible des passions mauvaises n'a soufflé sur vous, et quand viendra le jour sacré de la transformation, aussi belle qu'au sortir des mains des dieux, votre âme revêtira la forme de quelque création plus épurée. Tout se tient dans ce cercle et les autres, et celui que vous aimez sur cette terre est sans doute celui que vous devez aimer plus tard sous une autre forme. Ce lien des âmes est la sagesse des dieux, et croyez-le bien, l'amour qui naît aujourd'hui dans votre cœur, renaîtra quelque jour avec vous. Mais hélas ! je vous parle un langage que vous ne comprenez plus, n'est-il pas vrai ?

Pialla ne répondait pas, mais elle écoutait avidement les paroles du vieillard et l'orage qui grondait dans son sein s'apaisait, et un calme bienfaisant lui succédait peu à peu.

– Parlez, parlez-moi encore, lui dit-elle.

– Vous le voyez, Pialla, reprit le druide en se laissant aller à sa mélancolie, le dieu que vous servez est impuissant à vous consoler, et voilà que vous venez vers le ministre déchu d'une religion oubliée chercher ce que vous avez demandé en vain au pied de vos autels... Puisse cet amour que les dieux ont allumé dans votre cœur vous éclairer enfin, et ramener vos pas dans la route que vous avez quittée. Mais dites-moi, il se nomme Hlodowig le Franc ?...

– Oui, mon père !

– De quelle contrée est-il venu ?

– Il a de riches domaines au pays des Francs. Son père est un chef célèbre, lui-même commandait à d'innombrables guerriers, avant que la fortune l'eût trahi. Maintenant, son père l'a banni, il est seul, abandonné de tous. Et il est triste, car il a laissé derrière lui une femme aux yeux bleus et aux cheveux blonds qu'il aime de toutes les amours de son âme.

Alors Pialla raconta toute l'histoire de Hlodowig, elle dit, et son amour pour Œlla, et le meurtre du seigneur gaulois ; ils causèrent ainsi longtemps et l'heure fuyait sans que ni l'un ni l'autre s'en aperçût. Enfin Pialla songea à se retirer et le vieillard l'accompagna à travers les détours de la forêt.

Pialla n'avait plus peur, elle se sentait soulagée d'un poids énorme ; elle avait épanché tous ses secrets, et s'en retournait heureuse. Quelqu'un du moins l'avait plainte.

La pitié qu'il inspire est la plus grande consolation du malheur !

LE DÉPART

Banni de la cour de son père, seul au milieu d'une cour étrangère aux affections de son enfance, on eût pu croire que Hlodowig se reportait avec regret vers les objets aimés dont il était séparé, et que son âme ambitieuse aspirait secrètement à ressaisir le pouvoir qu'on avait arraché de ses mains. Il fuyait la chasse et les festins bruyants, il se montrait rarement dans les fêtes ; on le voyait souvent se perdre sous les allées ombreuses de la forêt, pour ne reparaître que le soir bien tard à la table du comte Érech. Là, entre le vieux comte et Pialla, il semblait oublier qu'il avait une autre patrie, et que des destinées brillantes l'attendaient peut-être dans une contrée lointaine. Il racontait au vieillard les terribles batailles auxquelles il avait assisté, et le vieillard disait à son tour les combats de géants que s'étaient livrés de son temps les Bretons et les Danois. Pialla qui s'abandonnait naïvement aux délicieuses impressions d'un amour pur, écoutait les récits du jeune et du vieux guerrier, et semblait oublier, elle aussi, que sa main était promise à Alain, et que jamais, sans doute, sur cette terre, le sentiment qu'elle éprouvait ne trouverait sa satisfaction.

Hlodowig sentit enfin sa fausse position vis-à-vis de ses hôtes.

Peu à peu déjà, l'image d'Œlla s'était éloignée, et il l'avait vue se dresser tout à coup devant lui, au moment où il y pensait le moins. Œlla avait perdu sur son esprit la puissance d'un souvenir, elle n'avait plus que celle d'un remords... Hlodowig ne se demanda pas en vain la cause de ce changement, il devina bien vite que Pialla n'y était pas étrangère, et résolut presque aussitôt de s'affranchir pour toujours de ce nouveau sentiment qui menaçait de s'emparer de lui. Son projet fut sur-le-champ arrêté, et quelques jours après la scène que nous avons racontée, il se présenta à elle. Celle-ci ne s'attendait pas à le voir, elle rougit et baissa les yeux :

— Pialla, dit Hlodowig en s'avançant d'un pas assuré, je viens vous dire adieu !

— Vous partez, ... dit-elle.

— Je pars, répondit Hlodowig, j'ignore vers quelle terre hospitalière je porterai mes pas ; mais je ne veux point rougir plus longtemps de mon indigne repos : et avant de mourir, j'espère que mon nom méritera encore une fois d'être chanté par les bardes de ma patrie.

— Vous partez ! répéta Pialla atterrée.

— Par delà vos montagnes, reprit Hlodowig, bien loin d'ici, est un pays fertile, baigné par un large, fleuve et habité par des guerriers redoutés — c'est là que je suis né. — Mon père y possède d'immenses domaines sur lesquels je dois régner un jour. Mille souvenirs s'attachent au sol où l'on a vu le jour. — C'est cette contrée, c'est mon père que je veux revoir ; c'est aussi, vous le dirai-je ? la femme aimée que j'y dois retrouver.

Pialla garda le silence, mais un mouvement convulsif agita ses membres ; elle posa ses bras sur son cœur brisé, et levant enfin vers Hlodowig ému ses deux grands yeux noirs :

— Je l'avais prévu, dit-elle en essayant de raffermir sa voix tremblante, cela devait être ; vous étiez étranger : un jour devait venir où l'amour vous rappellerait vers votre patrie ; moi qui ai vu le jour sous un autre ciel, qui ne tiens à ce pays que par un faible lien qui sans doute va se briser bientôt, je comprends la puissance des regrets qui vont vous éloigner pour toujours de ceux que vous avez à peine connus.

Elle s'interrompit un instant, et reprit avec plus de force.

– Allez donc, Hlodowig, quittez à jamais cette terre sauvage dont le soleil détourne ses regards ; allez vers les contrées où vous comptez de nombreux vassaux, et si les prières d'une femme peuvent appeler sur votre front les bénédictions du ciel, de grandes joies vous seront réservées, et vous vivrez de longs jours au pays de vos pères !

Puis elle ajouta, mais avec moins de fermeté cette fois, et en lui tendant la main :

– Adieu encore une fois, adieu ; au milieu des nouvelles destinées qui vous sont offertes, souvenez-vous de votre séjour parmi nous, et pensez quelquefois à ceux qui ne doivent plus vous oublier !

En ce moment de joyeuses fanfares retentirent dans la cour de la ferme, et Hlodowig s'arracha du lieu de cette scène douloureuse pour aller rejoindre le comte Érech. Cependant, en quittant Pialla, il obéissait plutôt à un mouvement de curiosité qu'à toute autre pensée ; en effet, la fanfare qui venait de retentir avait réveillé dans son cœur un écho depuis longtemps endormi ; il lui sembla l'avoir déjà entendue à la cour de son père : c'était comme la voix du passé qui l'arrachait tout à coup aux préoccupations du présent. Le fils du comte Érech, averti de son départ, avait-il voulu le saluer du bruit de cette fanfare comme d'un noble adieu fait à un hôte aimé ? Était-ce simplement le hasard ?

Toujours est-il que Hlodowig arriva le cœur plein d'émotions à la porte de la grande salle, où l'attendaient le comte, son fils Alain et une foule de guerriers bretons, leurs vassaux : un spectacle singulier frappa alors ses regards.

Le comte Érech était assis au milieu de la salle, ayant à sa droite son fils et à sa gauche le juge de la cour. Derrière eux se tenaient, debout et découverts, les vassaux de leurs domaines revêtus chacun des insignes barbares de leur dignité respective.

En face de ce groupe imposant, quatre seigneurs, qu'à leur costume Hlodowig reconnut pour des guerriers francs, étaient assis dans une attitude respectueuse ; tous gardaient le silence, attendant sans doute l'arrivée d'un personnage important.

À l'aspect de cette assemblée vénérable, Hlodowig s'arrêta sur le seuil de la porte, indécis s'il devait avancer ou demeurer à sa place ; mais le vieux comte avait déjà descendu les marches de l'espèce de trône sur lequel il se trouvait, et, allant à lui, il dit en le présentant aux seigneurs francs :

– Seigneurs, voici Hlodowig lui-même, le fils de votre maître, celui que vous êtes venus chercher dans ma demeure. Il est noble et brave, éprouvé par l'adversité ; il a retrempé son âme dans l'exil, et vous le retrouverez digne de monter sur le trône de son père.

Les quatre seigneurs s'inclinèrent à la fois devant Hlodowig et le plus âgé d'entre eux ayant pris la parole, raconta alors comment le père du jeune chef franc était mort dans un combat nocturne livré contre les Burgondes, puis il ajouta :

– Lorsque ton père eut rendu le dernier soupir, les chefs les plus renommés par leur courage se réunirent autour de son corps et convinrent que quelques-uns iraient vers toi après les funérailles, et que tout serait disposé pour te recevoir dignement. On se souvient encore de ta valeur, on sait que malgré ta jeunesse tu as laissé un nom redouté de nos voisins. Dès que les funérailles eurent été achevées, nous sommes venus, ainsi qu'il avait été dit. D'autres sont allés vers Œlla, la fiancée de ton cœur, et tu la retrouveras aux lieux que tu as quittés. Reviens donc avec nous, Hlodowig, tu seras honoré comme ton père l'a été, et tu commanderas, comme lui, aux riches pays qu'il a conquis sur ses ennemis.

Hlodowig regardait son interlocuteur avec stupéfaction ; tout ce qu'il voyait n'était point un rêve, c'était bien un guerrier franc qui lui parlait, il le reconnaissait à la fois au costume et à l'idiome de sa nation. Il venait bien de la part de ses amis, puisqu'il avait parlé d'Œlla et de son père ; cependant il ne pouvait croire que tout cela fût vrai, il craignait qu'il n'y eût sous ce dehors plein d'aménité quelque dessein caché, et pour s'assurer d'une manière certaine que ces hommes étaient mus par des sentiments sincères d'affection, et qu'ils s'acquittaient d'une mission dont on les avait véritablement chargés, il leur dit :

– Si vous êtes réellement envoyés par Œlla et par les amis de mon père, prouvez que vous ne me trompez pas et que vous dites la vérité.

– En croiras-tu l'anneau d'Œlla et l'épée de ton père ? demanda le plus vieux.

– Je les en croirai ! dit Hlodowig.

Et comme on lui présentait l'anneau et l'épée, Hlodowig les saisit avec une émotion haletante :

– Ô mon père ! s'écria-t-il, ô Œlla !

Tous les spectateurs de cette scène n'osèrent ni élever la voix ni faire un pas ; chacun respectait la douleur dont il était accablé.

Cependant le vieux guerrier frank s'approcha de lui.

– Hlodowig, dit-il, nous suivras-tu maintenant.

– Oh ! dit Hlodowig avec enthousiasme, voilà bien l'anneau d'Œlla, voilà bien l'épée de mon père ; partout où brilleront, cette épée et cet anneau, j'irai !

Puis se tournant vers le comte Érech :

– Comte, lui dit-il, voici des guerriers qui vont m'escorter au pays des Franks. Pour votre royale et noble hospitalité, merci ! et si, dans l'avenir, le secours de quelques guerriers hardis et courageux vous était nécessaire, rappelez-vous que vous avez en moi un ami généreux et dévoué !

– Mon fils, repartit le vieux comte, ne parlez pas d'avenir à un vieillard dont les jours sont comptés, et qui ne verra peut-être pas se coucher le soleil qui se lève en ce moment. Vous êtes au commencement de la carrière que j'ai terminée, et mes pieds sont poudreux et je suis loin de la route. Allez donc où la jeunesse, les plaisirs et les combats vous convient ; marchez droit dans le chemin que vous avez à parcourir ; allez devant vous sans trop regarder ce que vous laissez derrière : le regret ne doit pas naître à votre âge.

Hlodowig s'adressa alors au fils :

– Alain, lui dit-il, je vais combattre les ennemis de mon père : ils ont de nombreux troupeaux, et nous leur enlèverons de riches dépouilles. Si ces expéditions lointaines tentent votre courage, venez avec moi, et, je vous le jure, la place que vous occuperez sera digne de vôtre valeur.

Le regard d'Alain s'alluma à cette proposition, mais il se contint aussitôt, et réprimant ce premier mouvement :

– Je combattrai les ennemis de mon père et les miens, répondit-il ; je défendrai notre pays de l'Armor, et si les dépouilles que j'enlèverai à mes ennemis sont moins riches que celles dont vous parlez, du moins je ne quitterai pas le pays de mes ancêtres, et je mourrai là où ils sont morts !...

Un festin somptueux fut aussitôt servi, et dès que les préparatifs du départ furent terminés, de nouvelles fanfares se firent entendre, et Hlodowig et ses compagnons, ayant salué leurs hôtes, montèrent à cheval et s'éloignèrent.

Pialla les suivit longtemps du regard, jusqu'à ce qu'enfin elle les eut vus disparaître, prenant la voie romaine qui conduisait vers Kerhaès.

LA FUITE

Depuis longtemps Hlodowig avait salué les hôtes des montagnes d'Arrès, et Pialla était tombée dans une sombre tristesse dont rien n'avait pu la distraire ; elle semblait avoir renoncé au commerce de ce monde, et ne voyait plus que rarement le comte Érech et son fils Alain.

Le comte vieillissait chaque jour davantage, et Alain lui-même, soit ennui, soit dégoût de la vie qu'il menait, soit impatience ou désir d'une plus noble destinée, avait interdit les bruyantes orgies de la ferme, et les chasses plus bruyantes encore. L'échanson demeurait oisif, étonné de ce changement subit, et Guenhael murmurait tout bas, oubliant quelquefois de demander sa coupe de cervoise aromatisée.

On était alors au commencement de l'été ; les feuilles poussaient aux arbres comme par enchantement, l'herbe verdissait dans les champs, les épis blonds couvraient les collines, mille oiseaux voyageurs chantaient sous la feuillée leurs folles chansons de joie et d'amour, et des troupeaux nombreux, conduits par les serfs attachés à la glèbe, allaient, peuplant le désert des montagnes.

Depuis quelques jours, la santé du comte Érech donnait à ses vassaux de sérieuses inquiétudes ; le chapelain ne quittait pas l'autel, où il adressait de ferventes prières à Dieu, et Alain et Pialla se réunissaient au chevet du vieillard, s'attendant à chaque instant à s'en séparer pour toujours. Bien que cette mort dût assurer à Alain le titre de comte et la jouissance de riches domaines dans le *Broerech*, nous devons dire cependant qu'il ne voyait qu'avec une douleur profondément sentie son père près de descendre dans la tombe ; les conseils et l'expérience du vieillard l'avaient souvent aidé dans des circonstances critiques ; il ne pouvait oublier ni sa bonté, ni son courage, ni l'amitié qu'il lui avait toujours portée.

Quant à Pialla, ce n'était point seulement avec douleur qu'elle voyait la vie du comte s'éteindre ; un puissant sentiment d'épouvante s'était emparé d'elle dès qu'elle avait acquis la certitude de l'imminence du danger que courait son oncle : depuis ce moment, son imagination effrayée ne cessait de sonder les profondeurs incertaines de l'avenir que la mort du comte allait lui offrir.

Souvent alors le souvenir de Hlodowig se présentait à elle, mais c'était encore pour son cœur de nouvelles tortures sous lesquelles elle se débattait en vain. Elle se rappelait tout à coup le nom d'Œlla, et ce nom soulevait dans son sein une tempête désordonnée qui s'exhalait en larmes impuissantes. « L'amour est le courage des femmes, » a dit quelqu'un. Pialla, malgré la réalité du malheur qui la menaçait, ne s'abandonna pas au désespoir. Un secret et vague pressentiment la soutenait encore dans ses incertitudes : elle rassembla toutes ses forces, et lutta courageusement contre sa propre douleur.

Un soir, le soleil disparaissait lentement derrière les hautes montagnes sur lesquelles, à voir la teinte rougeâtre dont elles étaient colorées, on eût dit que l'astre-roi eût laissé flotter un pan de son manteau de pourpre. Le calme se faisait dans les solitudes âpres et désertes, et l'ombre descendait peu à peu, s'allongeant dans la plaine. On n'entendait plus, à de rares intervalles, que le cri aigu des pâtres, ou le mugissement plaintif du bétail qu'ils ramenaient à l'étable.

Une jeune femme et un vieillard venaient de s'arrêter sur la route des Gaules, non loin de la demeure de Kerlô, et leurs regards également fixes cherchaient à distinguer les objets à travers les ténèbres qui envahissaient déjà la ferme.

Autour de l'habitation passaient, de temps à autre, des torches dont la lueur sanglante traçait dans l'ombre de lumineux sillons, et ce singulier spectacle paraissait vivement intéresser nos deux personnages ; ils suivaient avec une anxiété poignante la scène qui se passait à quelque distance, sans s'adresser une parole, livrés sans réserve aux impressions qu'elle faisait naître en eux.

En ce moment, un grand nombre de valets portant chacun une torche à la main, sortirent de la ferme et défilèrent en ordre, en se dirigeant vers la forêt ; le chapelain venait ensuite, puis, quelque chose ayant la forme d'un cercueil, puis enfin Alain, suivi de la foule des guerriers bretons tous revêtus d'habits de deuil.

Le vieillard leva les bras au ciel, et la jeune fille se laissa tomber à genoux en joignant les mains et en priant !

« Ô dieux ! dit le vieillard d'un ton solennel, dieux qui présidez aux destinées humaines, vous venez de mettre fin à une existence pleine de valeur et de courage ! Dans la nouvelle vie qui va commencer pour lui, qu'il reçoive donc la récompense de sa bravoure ! Qu'il soit regretté des siens et que la pierre du tombeau soit légère à sa cendre ! Qu'au delà de ce monde d'épreuves, il trouve un monde meilleur ! Que les bardes rappellent sa mémoire dans leurs chants de guerre, et que la postérité garde de lui un grand et sacré souvenir ! »

« Mon Dieu ! dit la jeune fille, il a veillé sur mon enfance ; il a été pour moi un père bon et indulgent ; il m'a entourée de soins et d'affections. C'est lui qui m'a fait aimer la vie, qui m'a consolée, qui m'a soutenue. Vous le savez, mon Dieu ! il a été bon entre les meilleurs, généreux entre les plus généreux ; sa jeunesse fut noble et courageuse, sa vieillesse douce et pleine de vertus ! Vous l'avez rappelé à vous, ô mon Dieu ! Il se souviendra sans doute là-haut de ceux qu'il a laissés sur cette terre, et il vous priera pour que vous détourniez de leurs lèvres le vase d'amertume et de fiel ! Laissez sa prière monter jusqu'à vous, mon Dieu, et abaissez sur les malheureux qui souffrent votre regard de bonté ! »

Le cortège avait passé. Pialla et le druide reprirent leur chemin, et s'éloignèrent de la ferme.

Où allaient-ils ainsi tous les deux, à travers la nuit, errant presque au hasard, sans but certain, et vivant de l'hospitalité ? L'un trop vieux, l'autre trop jeune pour supporter de longues fatigues. Qu'allaient-ils chercher dans des pays lointains ? Pourquoi fuyaient-ils avec tant de hâte une contrée dans laquelle ils laissaient un ami à peine mort ?

Le vieillard craignait le passé, la jeune fille craignait l'avenir.

Ils marchèrent ainsi l'un à côté de l'autre, gardant le silence, profondément émus tous deux, et Pialla jetait souvent en arrière un regard plein de larmes.

– Vous pleurez, lui dit enfin le druide, à peine avez-vous mis le pied dans la longue route que vous allez parcourir, que déjà le regret entre dans votre cœur ; et voilà que le courage semble vous abandonner aux premières douleurs.

– Oh ! je serai forte, répondit Pialla, Dieu qui nous a créés a mis au cœur de l'homme et de la femme un grand courage, afin qu'ils pussent, pendant le trajet de cette vie, porter le souvenir qui pèse sur leur mémoire.

– Quel souvenir, mon enfant ?

– Celui du ciel qu'ils ont quitté !

Cependant la nuit avançait à grands pas, et il pouvait être imprudent de s'aventurer, à pareille heure, dans les chemins dangereux où ils s'engageaient. Ils demandèrent l'hospitalité dans le premier gîte qu'ils rencontrèrent.

Le lendemain, avant de reprendre leur route, le druide voulut consulter le destin, et, s'étant fait apporter une branche d'arbre couverte des premiers fruits vermeils de l'été, il la coupa en huit morceaux de figure symbolique, qu'il jeta pêle-mêle dans une robe blanche préparée pour les recevoir.

Pialla assistait à cette cérémonie avec un saint recueillement ; dans sa pensée naïve, elle croyait même sincèrement à la véracité des résultats que l'eubage déduisait des circonstances avec lesquelles les morceaux de la branche prophétique se présentaient en sortant de la robe.

– Mon père, dit-elle au druide, quand la cérémonie fut terminée, que vous ont dit vos dieux ? et quelles destinées vous prédisent-ils ?

– Mon enfant, répondit le vieillard, l'avenir est incertain, et l'eubage se trompe quelquefois ; ayez confiance dans les dieux de vos ancêtres, et ils vous accorderont enfin la paix et le calme dont votre cœur a tant besoin !

Pialla pensa à Hlodowig, et elle suivit le druide en soupirant.

L'ÉGLISE

– Mon père ! ne voyez-vous point autour de nous quelque habitation où nous puissions nous reposer un instant ?

– J'aperçois à quelque distance, mon enfant, un de ces monuments élevés par la main des prêtres de la nouvelle religion.

– Mon père !

– Voulez-vous que je vous y conduise ?

– Mais vous-même...

– J'entrerai sans crainte avec vous, dans cette enceinte qu'ils disent sacrée, ô Pialla ; la vieillesse est respectée par toutes les religions.

Pialla était arrivée avec le druide non loin de Nantes, et elle descendait maintenant les bords de ce grand fleuve dont Hlodowig lui avait parlé. Selon les pressentiments de son cœur, le pays auquel il commandait ne devait pas être loin, et bientôt, peut être, elle allait encore une fois le revoir.

Le lecteur trouvera étrange, sans doute, qu'une jeune fille et un vieillard se soient pour ainsi dire enfuis de leur patrie, pour aller à la recherche d'un guerrier inconnu dont la jeune fille gardait l'amoureux souvenir.

Quelques mots suffiront à expliquer leur conduite.

Et d'abord, Pialla ne cherchait pas Hlodowig, elle fuyait Alain. Elle n'ignorait pas que le fils du comte Érech, une fois débarrassé des soucis que lui avait suscités la mort de son père et la prise de possession de ses domaines, ferait des tentatives pour découvrir la retraite de sa fiancée. La Bretagne n'était donc pas un lieu d'asile assez sûr ; elle s'y trouvait trop à portée de sa colère pour espérer d'y demeurer en paix. Les Gaules s'offrirent à elle naturellement et elle y alla. Elle y alla, obéissant peut-être à une secrète impulsion de son cœur, mais bien certainement sans préméditation, sans arrière-pensée.

Quant au druide, nous l'avons dit, la Bretagne, devenue terre chrétienne, dépouillée par les conciles des monuments de son antique religion, ne pouvait plus être pour lui un abri assuré : chaque jour la cognée civilisatrice des prêtres du Christ jetait sur le sol les chênes vigoureux et les meuliers gigantesques ; le druide devait se soustraire au spectacle navrant de cette dévastation ; et quand Pialla, la fille de son choix, vint lui offrir une fuite commune, cette offre répondait si bien a ses propres désirs, qu'il accepta avec une sorte de reconnaissance. Le pays de Chartres et ses environs étaient à cette époque le lieu des réunions du culte druidique ; c'est en cet endroit qu'il résolut de s'arrêter. Là, du moins, la mort lui paraîtrait moins amère, puisqu'il devait y trouver les prêtres de sa religion.

Ils se dirigèrent vers le monument qu'il avait indiqué à Pialla, et, un moment après, tous deux entrèrent dans la chapelle.

On célébrait l'office divin. Les prêtres allaient et venaient revêtus de leurs vêtements blancs, les cierges étaient allumés, l'encens brûlait sur l'autel, et le chant grave et lent des psalmodies chrétiennes retentissait sous les voûtes sonores de l'édifice. Les assistants placés autour du chœur, dans la nef et des deux côtés du transept, priaient pieusement agenouillés, les mains jointes, le Dieu dont on rappelait en ce moment le sublime sacrifice.

L'église était pleine de soldats et de peuple. Tous, silencieux et recueillis, se confondaient dans une seule et même pensée pieuse.

Ce spectacle grandiose toucha profondément le druide qui, insensiblement, se laissait circonvenir par les idées plus calmes et plus nobles que ce tableau lui révélait. Un autre monde, une sphère nouvelle s'ouvrait devant son imagination étonnée, et un sentiment jusqu'alors inconnu entrait profondément dans son âme. Il se sentit ému par la majesté simple de cette cérémonie ; le doute l'abandonna un instant ; le sourire d'ironie qui avait d'abord effleuré ses lèvres s'enfuit tout à coup, et quand on leva l'hostie consacrée, et qu'alors il vit tous les fidèles se courber par un mouvement unanime et incliner leur front vers la terre ; quand, au milieu de cette foule, il s'aperçut que lui seul était debout, levant sa tête blanche et sa haute taille, comme s'il eût voulu défier orgueilleusement la sainteté du lieu, il eut presque honte de lui-même... et s'inclina !...

Pialla s'était aperçue de ce mouvement, et quand elle se releva, elle saisit les mains tremblantes du vieillard :

– Mon père ! s'écria-t-elle avec une joie sainte, mon père, qu'avez-vous fait ?

– Ma fille, répondit le vieillard, ton dieu est grand, l'homme est faible et petit ; et puis... à quelque dieu qu'elle s'adresse, la prière console et, fortifie !...

Pialla serra les mains du druide, et oubliant un moment le lieu où elle se trouvait, elle se reporta par la pensée au temps heureux qu'elle avait passé à Kerlô, pendant que Hlodowig y avait vécu, et son âme tout entière se retrempa dans ses souvenirs.

Tout à coup un grand mouvement se fit dans l'église, et la foule entière s'ébranla, se précipitant à l'envi vers les issues.

Pialla se sentit entraînée malgré elle ; elle suivit le torrent qui l'emportait, et arriva à la porte extérieure au moment où le cortège des guerriers commençait à défiler.

Pialla n'avait jamais quitté la cour du comte Érech ; c'était la première fois que le spectacle des splendeurs d'une cour barbare se déployait sous ses yeux ; elle appuya familièrement son bras sur celui du druide, et, curieuse, elle regarda.

Sans savoir pourquoi, elle se sentit troublée. Son cœur battait à se rompre, une sourde inquiétude donnait à son regard un reflet sombre et fixe, et parfois elle sentait de singuliers frissons courir le long de ses membres.

Cependant les guerriers passaient un à un devant elle, salués à l'intérieur par les cris enthousiastes du peuple, au dehors par les fanfares sonores des musiciens. À ce moment même, un frémissement courut parmi la foule qui s'agita ; les cris s'élevèrent plus violents, et les fanfares éclatèrent plus joyeuses.

Un guerrier s'avançait donnant la main à une jeune fille, pâle et blonde, dont le regard s'abaissait timide et recueilli, sous les regards ardents de la foule.

À cette vue, Pialla pâlit affreusement ; elle ferma les yeux, croisa ses deux bras sur son cœur par un geste plein d'un violent désespoir, et s'affaissa évanouie sur la poitrine du vieux druide.

Dans ce guerrier qui passait le front joyeux, le visage éclatant, elle avait reconnu Hlodowig le Franc !...

Un prêtre venait de l'unir pour jamais à la chaste fiancée qu'il aimait de toutes les puissances de son âme. Pialla perdait sa dernière illusion, son dernier et suprême espoir... Il ne lui restait plus rien au monde – que Dieu !